Pour Quentin

Je ne sais si tu as des
perlimpinpins -

Bonne chance tout de même
Quentin !

2005 -

Gris-gris et Perlimpinpin

JO HOESTLANDT

STÉPHANE SÉNÉGAS

– À Evelyne et à ses chats.

J. H.

– À ma tendre Mémé…

S. S.

CASTOR BENJAMIN Flammarion

26, rue Racine - 75278 Paris Cedex 06
Imprimé en France. ISBN : 2-08163057-5

Chapitre 1

Quel âge a donc Anna ?

Anna, c'est la plus vieille dame du quartier. Elle habite dans une jolie maison aux murs couverts de lierre.

– Anna, lui demande-t-on,
quel âge avez-vous ?
– 90 ans ! Ou peut-être 100 !
répond-elle en riant.
– Ce n'est pas possible ! disent les gens.
Vous trottez comme un lapin,
vous avez le regard clair,
les joues roses, si peu de rides.
Comment faites-vous donc ?
– Oh ! dit Anna en souriant,
je ne fais rien du tout !
J'ai de la chance, c'est tout !
Tout ça, c'est grâce
à mes porte-bonheur,
mes gris-gris et perlimpinpin !

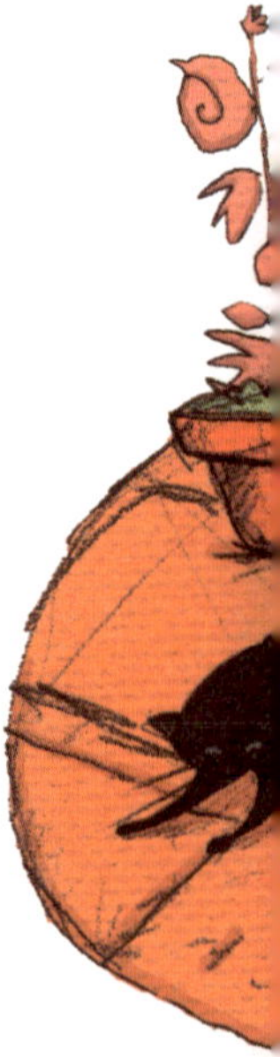

Et elle rentre en trottinant dans sa maison, suivie de deux chats qui ne la quittent pas.

Juste à côté de chez elle, habite un petit garçon qui s'appelle Gaston. Son jardin et celui d'Anna sont séparés par le même mur.

Le petit garçon aime bien la vieille Anna qui lui donne des bonbons. Souvent, il parle avec elle par-dessus le mur.

– Bonjour Anna, ça va ?

– Bonjour Gaston, ça va bien, merci.

– Je peux venir jouer avec tes chats ?

– Bien sûr, mon garçon ;
mais ne les embête pas, ils sont vieux, comme moi !

Quand Gaston et les chats sont fatigués de jouer, Anna invite tout le monde à goûter. Et après, ils vont faire un petit tour dans la forêt, qui est juste à côté ; et les deux chats, bien qu'ils soient vieux, retrouvent le bonheur de chasser les oiseaux… et leur arrachent même encore quelques plumes, parfois.

Chapitre 2

Un visiteur bien curieux

Un jour, arrive dans le quartier un jeune homme qui n'a jamais eu de chance dans la vie. Enfin, c'est ce qu'il pense, et ce qu'il dit.

Partout où il passe, à la boulangerie, à la supérette, au café, il entend parler de la vieille Anna.

– Elle a au moins 100 ans !
dit le vieux facteur. Elle fait pourtant, tous les jours, une belle promenade dans les bois, là, avec son voisin, le petit Gaston !
– Ah bon ? s'étonne le jeune homme.

– Elle m'a dit que la nuit, même quand l'hiver glace les carreaux, elle n'a pas froid ! ajoute le patron du café.

– Eh bien ! s'exclame le jeune homme.

– Et qu'elle a tout pour être heureuse ! ajoute une jolie femme qui porte des boucles d'oreilles rouges et rondes comme des cerises.

– Elle a bien de la veine, cette vieille femme-là ! soupire le jeune homme.

– Et tout ça, c'est grâce
à ses porte-bonheur, gris-gris
et perlimpinpin ! conclut le facteur.

Chapitre 3

Ce qu'on sait des porte-bonheur

Ce qu'ils disent, tous, intéresse beaucoup le pauvre jeune homme qui n'a jamais eu de chance dans la vie.

– Mais qu'est-ce qu'elle a comme porte-bonheur, cette vieille femme-là ? demande-t-il avec curiosité.

– Un fer à cheval au-dessus de sa porte ! dit le facteur. Un vieux fer à cheval que lui avait donné un forgeron, il y a bien des années…

– Un fer à cheval, tiens donc… répète, songeur, le jeune homme.

– Elle a aussi le pompon de son père, qui était marin… se souvient une vieille femme.

– Ah ! ah ! un fer à cheval
et un pompon ! Eh bien ! s'exclame
le malheureux jeune homme.

– Et elle m'a demandé une patte de lapin, l'autre jour, dit le boucher. Elle m'a dit que c'était pour faire jouer ses chats ; mais tout le monde sait bien que ça porte bonheur, une patte de lapin !
– Un fer à cheval, un pompon, une patte de lapin… Ah ! ah ! énumère le jeune homme.

– Et il me semble qu'elle a gardé le trèfle à quatre feuilles que je lui avais donné, dit le jardinier, qui rougit un peu au souvenir du baiser doux qui accompagna autrefois ce petit cadeau.

– Ça, la vieille Anna, elle a tout ce qu'il faut, comme porte-bonheur, gris-gris et perlimpinpin ! s'exclame le boulanger.

Chapitre 4

Tel est pris qui croyait prendre !

Alors le pauvre jeune homme, qui n'a jamais eu de chance dans la vie, décide d'aller voler les porte-bonheur, gris-gris et autre perlimpinpin de la vieille Anna. Il pense que comme ça, enfin, la chance lui sourira.

Il surveille la maison de la vieille femme et, quand il la voit sortir avec Gaston et les chats pour leur petite balade en forêt, il entre chez elle, en catimini, par la petite fenêtre. Et il vole tous les porte-bonheur : le fer à cheval au-dessus de la porte, le pompon de marin qu'il trouve dans une boîte pleine de lettres qui commencent toutes par « ma petite fille chérie... ».

Il détache la patte de lapin qui pendait au bout d'une ficelle, et il prend également le trèfle à quatre feuilles d'un vert tendre et craquelé, séché dans un petit cadre, au-dessus de la cheminée.

Il se sauve avec tout ça, tous ces porte-bonheur-là, gris-gris et perlimpinpin. Et il pense que maintenant, grâce à ces trésors volés, il ne va plus avoir que de la chance dans sa vie, comme la vieille Anna.

Mais en courant, en se sauvant comme un fou, les poches pleines des porte-bonheur dérobés, il se fait renverser par une voiture !

Il est blessé, il a la jambe cassée, il ne peut plus se relever !

– Vous avez eu de la chance ! lui dit l'ambulancier. Ça aurait pu être pire !
– Ce n'est pas vraiment comme ça que j'envisageais la chance ! gémit le pauvre jeune homme qui n'y comprend rien du tout.

Chapitre 5

Les vrais porte-bonheur

C'est le facteur, le lendemain, qui s'en aperçoit le premier.
– Anna ! Votre fer à cheval n'est plus là !
– Ça, alors ! s'exclame Anna tout étonnée.

– Regardez donc s'il vous manque autre chose !

Gaston s'écrie alors :

– Le trèfle à quatre feuilles n'est plus au-dessus de la cheminée !

Les deux chats qui ne trouvent plus leur patte de lapin miaulent de mécontentement.

– Mon vieux pompon aussi a disparu !
dit Anna en retrouvant, ouverte,
la boîte aux vieilles lettres
de son papa.

Alors le facteur comprend.
– Malheur, Anna ! On vous a volé tous vos porte-bonheur !

Et il court raconter ce qui vient d'arriver à tout le quartier.

– Catastrophe, les amis !
Quelqu'un a volé à la vieille Anna tous ses porte-bonheur,
tous ses gris-gris !

Tout le monde accourt chez elle pour la consoler et la réconforter.
– Comment ça va, chère Anna ? lui disent-ils inquiets.
– Très bien, pourquoi ? leur demande Anna. On ne m'a rien pris de très très important, vous savez !

Et Gaston confirme :

– Elle s'en moque, Anna,
qu'on lui ait pris tout ça,
ces vieux porte-bonheur-là.
L'essentiel, c'est qu'elle ait toujours
ses vieux Gris-gris et Perlimpinpin !

– Tais-toi, au lieu de dire n'importe quoi ! lui reprochent les gens. Pauvre Anna, tous ses gris-gris et perlimpinpin sont partis, tu le vois bien !

– Mais pas du tout ! s'écrient la vieille dame et le petit garçon d'une même voix.

Et Anna appelle :

– Gris-gris ! Perlimpinpin !

Les deux vieux chats accourent,
l'un se met sur ses genoux,
l'autre s'enroule autour de son cou,
et tous les deux la regardent
avec des yeux pleins de tendresse
et d'amour.

– Les voilà ! dit alors la vieille Anna. Le gris, c'est mon Gris-gris, le noir, mon Perlimpinpin, ce sont eux, mes vrais porte-bonheur dans la vie. Je vous l'ai toujours dit, voyons… N'est-ce pas Gaston ?

– Oui, confirme le petit garçon.
Et moi, Anna, je te porte bonheur aussi, hein, tu me l'as dit !
– C'est vrai, et aussi ce petit garçon qui aime tellement les bonbons, et vous tous qui me donnez tant d'affection...

Chacun rentre alors chez soi,
content et rassuré sur le sort d'Anna.
Et tous ceux qui se savent aimés
se sentent aussi chanceux qu'Anna
dans la vie.

LE TRUC EN +

LE SAIS-TU ?

Que de superstitions…

Dans cette histoire, les habitants du quartier sont horrifiés à l'idée que la vieille Anna n'ait plus tous ses porte-bonheur ! Ces superstitieux croient ainsi que parfois des événements et objets ont une efficacité magique, bonne ou mauvaise.

Dans certains métiers, il existe de vieilles superstitions. Ainsi, sur leur bateau, les marins évitent de prononcer le mot lapin. Cette peur ancestrale vient d'une vieille histoire : on raconte, en effet, qu'autrefois un lapin affamé aurait rongé toutes les cordes d'un voilier et provoqué son naufrage…
Aujourd'hui encore, le vert est maudit sur les scènes de théâtre. En effet, au Moyen Âge, la teinture verte des vêtements s'obtenait en utilisant des produits dangereux, et aurait causé des empoisonnements, sur scène !

DEVINETTES

Porte-bonheur ou porte-malheur ?

Dans cette liste, sauras-tu retrouver les 4 propositions associées à la chance et les 4 qui sont signe de malchance ?

A – un chat noir

B – une patte de lapin

C – un fer à cheval

D – un miroir cassé

E – un trèfle à quatre feuilles

F – un corbeau

G – une coccinelle

H – le chiffre 13

Réponses : les réponses B, C, E et G pour la chance ; les réponses A, D, F et H pour la malchance.

Dans la même collection

Anatole change d'école
P. Coran - P. Diemunsch

Espèce de cucurbitacée !
N. et Y.-M. Clément - C. Baret-Idatte

Gris-gris et Perlimpinpin
J. Hoestlandt - S. Sénégas

Hold-up chez les Chamalo
Kochka - P. Diemunsch

Lola Moineau
Kochka - M. Brunelet

Ma mère est encore une sorcière
A. Bertron - M. Mollier

Ma mère est toujours une sorcière
A. Bertron - M. Mollier

Ma mère est une sorcière
A. Bertron - M. Mollier

Maman ne sait pas dire non
J. Hoestlandt - J.-F. Dumont

Nitou et le raton laveur
M. Cantin - S. Pelon

Nitou le petit Indien
M. Cantin - S. Pelon

Le petit Tamour
C. Féret-Fleury - Zaü

La petite fille du port de Chine
A. Bertron - A. Buguet

Plume le pirate
P. Thiès - L. Alloing

Plume sur l'île aux Perles
P. Thiès - L. Alloing

Quand j'aurai mon chien...
Kochka - C. Palayer

Rémi Dorémi et moi...
Kochka - C. Perrin

Sauvons le Père Noël !
E. Trédez - L. Alloing

Le seul roi, c'est moi !
R. Gouichoux - L. Richard

Trop belle sorcière !
C. Miraucourt - E. Schlossberg

Une rentrée magique
Kochka - C. Delvaux

Imprimé en France par P.P.O. Graphic, 93500 Pantin
03-2005 - N° d'imprimeur :
Dépôt légal : mai 2005
Éditions Flammarion - N° d'éditeur : 3057
Loi n° 49-956 du 16 juillet 1949 sur les publications destinées à la jeunesse.